SPÉCIFIQUE

EN FORME DE DIALOGUE

CONTRE UNE RECHUTE

RÉVOLUTIONNAIRE.

Marseille, le 8 Janvier 1820.

Au meilleur des Monarques.

~~~~~~~~~

Puisse-t-il

Ne nous avoir pas vainement invités

A l'Oubli de nos torts

et

A l'Union de tous les Cœurs Français

Sans Exception.
~~~~~~~~~

SPÉCIFIQUE

EN FORME DE DIALOGUE,

CONTRE

UNE RECHUTE

RÉVOLUTIONNAIRE.

A PARIS,

Chez Lecointre et Durey, Libraires, quai des Augustins, n° 49;

Et à Marseille, au Cabinet littéraire de Mme Clavel, née Pellissier, Libraire, au Cul-de-Bœuf.

A MARSEILLE , de l'imprimerie de Joseph-François Achard , boulevart du Musée.

SPÉCIFIQUE

EN FORME DE DIALOGUE,

CONTRE

UNE RECHUTE RÉVOLUTIONNAIRE.

DANS UNE RÉUNION des loyaux partisans de la restauration de notre belle France, il a été dit :

Nous n'avons ni les connaissances ni la pénétration, dont il faudrait être doué, pour nous former une idée précise des desseins que de modernes agitateurs roulent encore dans leurs têtes ; nous aimons néanmoins à nous rassurer, jusqu'à un certain point, sur leur nombre, qui nous paraît de beaucoup inférieur à celui des personnes pour lesquelles la tranquillité est le premier besoin ; il nous semble alors qu'il n'y a pas lieu de craindre que les sinistres projets des méchans puissent avoir un résultat conforme à leurs criminels désirs.

En cet état de choses, nous osons nous flatter que M. J. C. J., membre de notre société, voudra bien, pour fixer nos incertitudes, et fournir à chacun de nous les moyens de combattre, avec avantage, nos ennemis domestiques, nous dire, avec sa franchise ordinaire, ce qu'il pense des sourdes menées dont le but, jusqu'à présent inconnu, nous tient dans une anxiété bien pénible à nos cœurs, et résoudre, pour cela, les diverses questions qui vont lui être proposées.

Ire QUESTION.

Le nombre des vrais agitateurs est-il considérable ?

RÉPONSE.

Parmi les personnes dont se compose notre société, il en est beaucoup qui, mieux que moi, auraient rempli la tâche que me vaut mon inaltérable dévouement pour le meilleur des Souverains : les solutions à donner devant offrir en grande partie, comme je le vois, un corps de défense propre à le disculper des reproches mis en circulation par les agitateurs ; il faudrait, pour jouer un rôle aussi honorable, les talens en tous genres des *Malesherbes*, des *Desèze*, des *Tronchet*, et, à côté de ces grandes lumières, je ne suis qu'une bluette imperceptible ; veuille du moins le Ciel couronner mon zèle par un succès complet, en faveur de notre bon Roi et de notre chère patrie ; c'est de mes vœux le plus cher à mon cœur.

Encouragé par l'indulgence, dont j'ai le plus grand besoin, ce que j'ose espérer de n'avoir pas sollicité vainement, voici la première des solutions auxquelles vous m'avez soumis, sans égard à mon insuffisance.

Le bouleversement général, suite ordinaire des révolutions, n'a jamais offert des moyens suffisans pour récompenser, d'une manière quelconque, la plupart de ceux qui y concourent.

Le plus petit nombre fut, tant bien que mal, satisfait ; les autres furent, en pure perte, les instrumens de la coupable élévation, ainsi que du changement de fortune.

des plus heureux révolutionnaires ; et parmi ces derniers encore y en eût-il toujours , ou qui payèrent de leur tête leur félonie , ou qui, après avoir survécu au renversement de l'ancien ordre des choses, perdirent, en punition du même forfait, les richesses qui en avaient été le fruit.

La preuve de tout cela se trouve consignée dans l'histoire de notre dernière révolution.

Or, en prenant pour base de nos calculs ces vérités incontestables, puisqu'elles ont à leur appui des faits, dont on ne peut prétendre cause d'ignorance, il est à croire que les vrais agitateurs d'aujourd'hui ne sauraient être bien nombreux.

Il en fut de cette dernière révolution, comme il en est d'une loterie : on voulut en courir les chances, sans réfléchir que la très-grande majorité se ruine au lieu de gagner dans cette tentative.

L'événement, qui a justifié cet inévitable résultat, doit avoir ouvert les yeux des anciens partisans des troubles intérieurs, et décrû le parti des sages qui ne donnèrent pas dans ce leurre.

Le nombre des vrais agitateurs doit donc être petit ; ce qui se prouve encore par les efforts qu'ils font, dans la vue de se recruter à la faveur des reproches dirigés contre le Souverain, et qui tendent à rendre plus général le mécontentement dont ils veulent faire ressource, pour s'étayer des dupes des rôles empruntés.

2ᵉ QUESTION.

Il nous paraît tout au moins vraisemblable , d'après ce que vous venez de dire, que le nombre de ceux auxquels le besoin d'un repos stable impose le devoir de s'opposer à ce qu'on y apporte la plus légère atteinte, l'emporte sur celui des véritables perturbateurs ; mais quel espoir ces derniers fondent-ils sur les reproches qu'ils ont mis en circulation, et que des personnes peu réfléchies osent propager pour le malheur de tous ?

RÉPONSE.

Le respect et l'amour auxquels tout Monarque a un droit incontestable sont, avec l'obéissance leur fidèle compagne, le plus ferme appui de l'autorité ; c'est de la destruction de cette base, que s'occupent ordinairement, avant tout, les ennemis d'un trône ; ils savent que, dans l'ordre naturel des choses, le mépris succède au respect, et la haine à l'amour ; ils n'ignorent pas que, de ces deux sources empoisonnées, vient la désobéissance, qui, selon la judicieuse remarque de *Tacite*, produit infailliblement la ruine des états. Ils ne se dissimulent pas que le moyen le plus sûr de parvenir à cette fin, est de rendre odieux le chef du gouvernement à renverser, et c'est à quoi tendent d'abord les reproches imaginés par les méchans, et dont certaines personnes, pour avoir perdu de vue les funestes suites de notre dernière révolution, sont devenues les indiscrets propagateurs, lorsqu'elles auraient dû apercevoir la reproduction prochaine de l'épouvantable tableau des calamités en tous genres dont elles s'aident, contre leur intention sans doute, à provoquer le trop funeste retour.

La malveillance ose donc se promettre, des bruits insidieusement répandus, qu'on s'affranchira bientôt du plus essentiel des tributs à notre charge, et en l'absence duquel un souverain n'a plus qu'une autorité illusoire, dont on peut, se jouer impunément ; elle s'achemine, en conséquence, vers le champ de bataille dont elle espère sortir victorieuse, si nous sommes assez imprudens pour ne pas nous raviser.

3e QUESTION.

En supposant que nous soyons assez malheureux, pour que les agitateurs parviennent à décheoir notre Roi légitime, du respect, de l'amour et de l'obéissance qu'une multitude égarée oserait lui refuser, quel pourrait être, en définitive, leur criminel projet ?

RÉPONSE.

A leurs adeptes seuls il appartient de résoudre cette question, d'une manière positive.

Veulent-ils seulement remplacer le Monarque actuel par un prince de leur choix ?

Veulent-ils substituer un autre gouvernement à celui adopté pour terminer notre fatale révolution ?

Tout cela est encore, quant à nous, un secret, dans lequel il nous est impossible de pénétrer : la seule chose que nous puissions avancer avec certitude, c'est qu'ils prétendent innover, non à l'avantage de la France en gégéral, mais au profit de ceux-là seulement qui, plus heureux que la plupart des précédens révolutionnaires, recueilleront les fruits amers de leur plus coupable manœuvre; car les innovations sont toujours dangereuses pour la grande majorité, et favorables au plus petit nombre de ceux qui les provoquent. N'en avons-nous pas déjà fait la triste expérience ?

Tous les hommes n'ont pas la même façon de penser et de voir; de là vient l'esprit de parti, auquel chacun tient opiniâtrement ; ce qui , pour l'ordinaire , donne lieu à des guerres civiles , à des scènes sanglantes , à des massacres dont l'idée seule suffit pour nous glacer d'effroi ; et ne devrait-il s'ensuivre que le trépas d'un seul de nos compatriotes , ce serait acheter à trop haut prix l'amélioration la moins équivoque ?

Cela étant, ne devons-nous pas , si nous avons l'humanité en partage, repousser, avec une volonté des mieux prononcées , tout esprit de changement ?

Il n'y a jamais eu d'innovation, dont l'injustice et la tyrannie n'aient été la trop fâcheuse conséquence ; c'est ce qui a fait dire à *Cicéron* (1) *que le véritable dessein des novateurs est de bouleverser et non de restaurer la chose publique.* Ce n'est pas , en effet, dans l'ordre , mais dans le trouble seulement qu'ils ont tout à gagner.

Puissions-nous donc, dans les circonstances actuelles , ne pas perdre le fruit de la terrible leçon qui , d'assez fraîche date , nous a été donnée à cet égard.

4e QUESTION.

N'êtes-vous pas d'avis, Monsieur, pour atteindre ce but , de maintenir notre état monarchique, comme le seul qui soit fondé sur les lois immuables de la nature , et conséquemment le plus propre à consolider notre restauration ?

RÉPONSE.

On ne saurait le penser autrement, lorsqu'on vient à considérer l'ordre admirable dans lequel se meuvent constamment tous les êtres créés.

____

(1) De off., L. 2.

Dieu n'a placé dans le firmament, pour présider les autres astres, qu'un soleil, et sur le corps de l'homme, qu'une tête, pour diriger les diverses parties dont ce corps se compose.

Suivant la remarque des naturalistes, il n'y a qu'un Roi parmi les abeilles, qu'un chef parmi les grues.

Le maintien de l'ordre, sans lequel tout rentrerait dans le chaos, dépend d'une supériorité indispensable, et la perfection de celle-ci est le partage du gouvernement d'un seul.

Les avantages de l'unité de pouvoir sont si universellement reconnus, qu'on ne voit partout qu'un général en chef de chaque armée de terre et de mer, qu'un colonel pour chaque régiment, qu'un capitaine à bord de chaque vaisseau, qu'un premier président à la tête de chaque tribunal, *etc.*

Il n'en est pas de même, lorsqu'on investit d'un égal pouvoir plusieurs chefs non subordonnés les uns aux autres ; car il est impossible, dans cet état de choses, qu'il n'y ait ordinairement entr'eux une divergence d'opinions, de laquelle les administrés ont plus ou moins à souffrir.

Le gouvernement monarchique, il faut l'avouer, est, sans contredit, celui qui approche le plus du gouvernement du Créateur de l'univers, et, par cette raison, comme le plus avantageux de tous, nous lui devons la préférence sur les autres.

Il n'y a lieu d'être surpris, d'après cela, si *Aristote*, et avec lui, les plus célèbres auteurs, en ont conseillé l'adoption.

Concluons de là, que nous devons y tenir plus fortement que jamais, surtout à la suite de notre longue expérience ;

car elle remonte jusqu'à l'année 420 , époque où commença à régner *Pharamond* , le premier des Monarques français.

5e QUESTION.

Nous ne voyons rien qu'on puisse raisonnablement opposer à votre dernière solution ; l'état monarchique nous paraît , en effet, le seul convenable à un pays, qui a été gouverné de la sorte pendant quatorze siècles ou environ. Il s'agit maintenant de savoir si le Prince , qui en tient les rênes aujourd'hui, se trouve doué des qualités requises?

RÉPONSE.

La troisième dynastie de nos Rois , qui règne depuis 1589 , se trouve jusqu'à présent composée de cinq branches , *dont la dernière dite des Bourbons* ne nous offre que des Souverains moins jaloux de leur suprême élévation , que du titre de père de leur peuple , et c'est à quoi n'a nullement dérogé le Monarque régnant : il n'est personne qui osât l'accuser, avec vérité, de n'être pas un bon Roi.

Or, si, comme nous l'apprend *Xénophon* , *il n'existe aucune différence entre un bon Roi et un bon père* , nul ne mérite plus que lui d'être assis sur le trône de la nation française.

C'est, dans les circonstances de la vie , une très-grande faute de renoncer au bon dont on est assuré, pour courir le hasard de la réalité d'un mieux, produit phantastique d'une cervelle creuse, et dont le fantôme s'évanouit toujours après le réveil de la saine raison, en nous laissant alors en proie à d'inutiles regrets.

Estimons-nous donc heureux d'avoir un Roi qui, en outre

des avantages que nous offre dans l'intérieur de ses états, son gouvernement paternel, nous garantit au dehors cette paix si nécessaire, pour utiliser l'industrie et le commerce, qui alimentent la majeure partie de la population française; paix de la concession et du maintien de laquelle nous sommes redevables à la confiance qu'inspirent aux autres potentats les éminentes vertus de notre auguste souverain.

6e QUESTION.

Que pensez-vous cependant de cette grande facilité à pardonner, mise au nombre des reproches qu'on ose se permettre contre lui ?

RÉPONSE.

Ce reproche, s'il n'était que dans la bouche des agitateurs, c'est-à-dire de ceux qui ne peuvent manquer de mettre à contribution pour eux-mêmes la clémence blâmée, serait une véritable énigme assez difficile à expliquer, mais la transformation de cette vertu en grief est, de la part de la malveillance une supercherie, qui manifeste la nécessité absolue de grossir son parti, ce qui l'oblige à changer de rôle comme le *caméléon* change de couleur, et d'emprunter le langage de ceux qui s'offensent d'un pardon comme d'une ressource inutile pour eux, ce qui les rend susceptibles du déplaisir inspiré à la faveur de ce déguisement pour se constituer, sans qu'ils s'en doutent, les auxiliaires d'une faction quelconque; et alors, réelles ou fictives, aucune des plaintes propres à conduire les méchans à leur but n'est à dédaigner; plus le nombre des déclamateurs s'accroît par la variété des motifs qu'on adapte aux génies, aux goûts, aux passions de chaque classe à émouvoir, et moins le succès est douteux.

2 *

Le droit de faire grâce ne se trouve-t-il pas , au reste , parmi les attributs les plus incontestables d'un souverain ?

A-t-il jamais existé une loi qui circonscrivit cette douce prérogative de la royauté ?

Etait-il donc réservé au peuple le plus humain de faire un crime de cette glorieuse et bienfaisante inclination , dont , suivant l'histoire de tous les tems , de tous les lieux, les plus grands potentats se sont servis , avec fruit , pour cimenter le respect et l'amour que leur doivent les personnes soumises à leur domination ?

Il faudrait être bien peu instruit pour ne pas entrevoir le suprême ridicule d'une inculpation qui décèle la profonde ignorance de tous ceux qui croient devoir l'adopter.

7ᵉ QUESTION.

Nous aurions tort sans doute, Monsieur, si nous n'étions satisfaits de votre dernière réponse ; nous vous prions néanmoins de vouloir bien nous fournir quelques autorités de nature à convaincre , lorsque l'occasion s'en présentera, les ignorans , que nous croirons disposés à revenir de leur erreur, pour achever cette conquête, à laquelle doivent se faire gloire de contribuer tous êtres bien intentionnés ?

RÉPONSE.

Il est certainement digne d'un grand roi d'avoir la clémence en partage , et telle est l'opinion unanime de ceux dont se compose notre société. Ce n'est donc pas pour aucun de nous , mais pour des personnes d'une conviction difficile, que vous réclamez l'autorité des exemples, dans la vue de les faire renoncer à un sentiment sur lequel les agitateurs fondent quelque espérance ; votre intention est trop louable , pour ne pas condescendre au désir que vous avez d'apprendre de ma bouche ce que nous transmirent, sur cette matière , quelques-uns de nos plus graves auteurs.

Je vous dirai d'abord que le docte *Senèque* n'eût pas une opinion différente de la nôtre; car il élève jusqu'au ciel les princes, qui se firent honneur de cette vertu.

Les Romains aussi faisaient gloire de la posséder dans le plus éminent degré.

On cite pour eux, entr'autres exemples, celui d'*Auguste* à l'égard de *Cinna*, qui, malgré les faveurs en tous genres à lui prodiguées par cet empereur, avait conçu l'abominable dessein de lui ravir le trône et la vie; ce qui, au rapport de *Suétone*, lui fut généreusement pardonné.

Dans d'autres circonstances , et pour diverses causes , *Tibère*, *Jules-César*, *Théodose* , *Arcadius*, *Honorius*, ne se montrèrent pas moins enclins à pardonner.

Les Lacédémoniens, au dire de *Thémistocle*, estimaient plus les grands , qui s'exerçaient à vaincre par la clémence, que ceux qui prétendaient atteindre ce but, en recourant aux moyens rigoureux.

Périclès fut redevable de son élévation à son caractère clément.

Agricola disait *qu'un prince devait se contenter du repentir de ceux qui l'avaient outragé.*

Les personnages doués de cette vertu ont un ascendant auquel il est difficile de résister; *Agathon* de Sicile en fit la plus heureuse expérience.

Suivant *Eusèbe*, en sa chronique, il en fut de même de l'empereur *Adrien* et de *Philippe* de Macédoine.

La bienfaisance fut toujours la fidèle compagne de la

miséricorde , et l'ingratitude elle-même , comme nous en donne l'exemple le père commun des mortels , ne saurait être un motif suffisant, pour tarir la source des bienfaits.

Coeffeteau nous apprend que *Titus* , fils de *Vespasien* , disait *qu'un jour vide de clémence ou de bienfaits de sa part était vraiment perdu pour lui.*

Périclès, dont nous avons déjà parlé , prêt à terminer sa glorieuse carrière , entendant ses officiers faire l'éloge de ses belles actions , leur dit : *Vous oubliez , Messieurs, le plus bel endroit de ma vie , c'est que , pendant les 40 années de mon gouvernement, ni ma colère , ni ma haine, ne mirent en deuil aucun de nos compatriotes.*

Si vous êtes assez indulgent pour être satisfait de cette courte analyse de mes recherches en pays étrangers ; je n'irai pas plus loin : je n'y ajouterai pas même quelques-uns des exemples d'un immortel souvenir à citer d'après nos historiens particuliers , car les connaissances généralement acquises, quant à ce , rendraient cette précaution superflue.

8e QUESTION.

Vous allez , Monsieur , nous accuser d'être indiscrets et nous le sommes effectivement , lorsque nous vous prions de mettre le comble à votre complaisance , en nous faisant savourer aussi les fruits indigènes de vos recherches, dans ce qui regarde directement la France, car rien n'est plus propre à produire l'effet désiré que les exemples domestiques.

RÉPONSE.

Je me rends volontiers à vos judicieuses observations.

Je vous dirai donc avec *Mezerai*, dans son Abrégé

chronologique , que nos souverains, en général , ont couronné, par une clémence naturelle chez eux , leurs plus héroïques actions.

Je cite , entre plusieurs autres ;

Le roi Robert pardonnant les conspirateurs de son trépas.

Henri III, qui en agit de même à l'égard de son assassin.

Le bon Henri IV, qui fit revenir à la cour tous ses ennemis pelle-melle avec ses fidèles sujets.

François Ier qui , s'adressant aux révoltés de la Rochelle, leur dit , au rapport de *Baudoin : J'aurais autant de raison de me venger de vous , qu'en avait eu Charles-Quint envers ceux de Gand , mais je préfère à votre perte votre conservation.*

Pauvres aveugles , dont je combats l'opinion , pour vous amener à des sentimens plus dignes de tout loyal français, portés enfin des regards attendris , et surtout mieux disposés, sur l'immortel testament *de notre monarque martyr à tant de titres regretté ;* monarque pour lequel l'exemple du Roi des Rois n'a pas été perdu, et qui sut constamment allier les obligations de la souveraineté avec les divins préceptes, qu'il n'est jamais permis d'enfreindre par tel motif que ce puisse être , sans en excepter même les raisons d'état les plus spécieuses, car le seul maître des cœurs , pour les faire mouvoir selon ses desseins , se complait de venir au secours de ceux auxquels il n'a pas été dit inutilement :

« *J'aime mieux la miséricorde que le sacrifice.* »

C'est de notre ingratitude envers Dieu, et nullement de la clémence de *Louis le Désiré*, que nous avons tout à redouter.

9ᵉ QUESTION.

La satisfaisante réfutation , que vous venez de faire, nous flatte d'un égal succès dans celle maintenant sollicitée de notre part : elle est relative à la confiance de laquelle , s'il faut en croire les détracteurs, sont indignes les personnes auxquelles le souverain a cru devoir l'accorder?

RÉPONSE.

De ce qu'il n'est pas expressément défendu de contredire, sous tous les rapports , ce qui ne heurte pas de front la foi et les principes , il ne s'ensuit pas qu'il soit permis d'abuser de cette tolérance, comme le font certains critiques mus par leur intérêt personnel , lorsqu'ils interprètent en mal les actions d'autrui, et qu'ils inculpent témérairement les plus intègres personnages.

Montagne (liv. Iᵉʳ, chap. 36) , a dit *qu'il fournirait cinquante vicieuses intentions , contre l'action la plus digne de louange.*

Il faut donc se tenir en garde contre les détracteurs chez lesquels il n'est pas rare de trouver en réalité les défauts , qu'ils allèguent à tort , lorsqu'il s'agit de les imputer à ceux contre lesquels ils éprouvent un sentiment condamné par l'honneur.

Assez communément, au reste , *c'est un sinistre corbeau qui ose porter, contre l'innocente colombe, la plus injuste accusation.*

Les indices les moins équivoques ne sauraient, en cette matière, excuser celui qui, au lieu de soigner sa propre réforme , s'avise d'incriminer les autres.

Combien en est-il qui, emportés par un trop naturel

penchant à croire le mal , négligent d'approfondir les divers sujets de détraction que la méchanceté et la jalousie , aidées de l'ignorance , se plaisent à faire circuler, sans égard à leurs fâcheuses suites, et se croyent indiscrétement en droit de ruiner la réputation d'autrui , sur les plus frivoles apparences , quelque préjudiciable que puisse être à l'intérêt général une aussi indigne manœuvre.

Un état est, en effet, sur le penchant de sa ruine , lorsque *Aristide* y est injurié !

Lorsque *Socrate* , *Licurgue* , *Solon* et *Lentulus* y sont condamnés !

Lorsque *Aristote* , enfin , se trouve à la veille de subir le sort de ces derniers !

La légèreté à croire , suivant une des judicieuses remarques de *Cicéron* , fut toujours réputée un crime à cause de ses dangereuses conséquences.

Il importe de peser scrupuleusement les bruits que la calomnie propage à mauvaise intention par toutes sortes de voies , et ne jamais former son opinion sur celle de la multitude , moins encore sur celle des gens personnellement intéressés aux réformes désirées , et pour lesquelles l'avantage commun n'est qu'une illusoire prétexte.

C'est en cela surtout qu'il faut avoir recours à la prudence.

Le poète *Callimaque*, dans *Clément Alexandrin*, a dit avec raison, *que celui qui a seulement un grain de cette vertu peut se vanter, à juste titre, d'être possesseur de l'unique remède efficace, pour concourir au vrai bonheur d'une nation.*

Mécénas , dans un de ses entretiens avec *Auguste*, lui faisait observer très-à-propos, *que les nouveautés altèrent toujours les états , que le remplacement d'un ministre ne leur procure , pour l'ordinaire, aucun avantage réel , puisque le mieux intentionné voit presque toujours son détracteur prendre sa place , et c'est ce qui a fait dire à Lipse , fondé sur l'expérience :*

« *Posteriora raro meliora.* »

Il est rare que le remplaçant vaille mieux que le remplacé.

Cet axiome peut s'appliquer à tous les postes sans exception.

Si les détracteurs sont jaloux de se montrer les sincères amis de l'ordre et de la prospérité nationale, qu'ils mettent un terme à leurs insidieuses déclamations, et en preuve de leur bonnefoi , dans un retour aussi désirable , *qu'ils veuillent enfin s'en rapporter au sage discernement d'un prince dont les connaissances acquises à l'école du malheur ne sauraient être en défaut, dans tout ce qui intéresse la félicité de son peuple.*

10e QUESTION.

Loin de nous, Monsieur, la crainte injurieuse de lasser votre complaisance , en multipliant nos questions, lorsqu'il peut être utile de les résoudre , pour la gloire du prince et le salut de tous ; permettez-nous donc de solliciter votre avis sur le reproche des faveurs soi-disant prodiguées à des personnes auxquelles il n'y aurait eu lieu d'en accorder, comme le disent les malveillans ?

RÉPONSE.

Le plus chétif des reproches imputés à un souverain n'est jamais à dédaigner , à cause de l'intention toujours criminelle de son auteur.

Il n'est pas nouveau de voir figurer parmi ceux dont l'adoption n'est pas douteuse des griefs à rejeter unanimement ; mais notre nature est si bizarre, les esprits tellement portés à contredire et les sentimens si disparates, que leur accord n'est pas des plus communs.

De là est venu ce proverbe :

« Autant de têtes, autant de façons de penser. »

Si bien que pour mettre à profit les leçons de l'expérience, on a vu de célèbres orateurs proposer, pelle-melle, de bons et de mauvais griefs, ces derniers se trouvant par fois accueillis.

Quelque pitoyable que puisse être tout reproche injurieux au souverain, sa tendance naturelle à renverser l'ordre, en détruisant la subordination, incompatible avec l'avilissement de l'autorité légitime, **suffit** pour nous imposer l'obligation de le combattre.

Excité par cet impérieux motif, je vous suis garant d'une réponse de ma part, tels que soient les reproches susceptibles d'une juste réfutation.

Pour m'acquitter de cette promesse je distingue, dans l'espèce présente, trois sortes de faveurs ;

SAVOIR :

Les faveurs accidentelles ;

Celles tendantes à provoquer un retour de gratitude ;

Celles enfin qu'une saine politique commande.

Je qualifie d'*accidentelles* les faveurs inopinément produites par sensibilité de cœur envers un malheureux tel qu'il soit : il ne l'aura pas mérité, si l'on veut ; mais l'action en elle-même au lieu du blâme, n'en sera pas moins digne de louange, comme toutes celles qui sont exclusivement le propre d'une âme généreuse.

3 *

Pour ce qui est des faveurs dont le but est d'exciter un juste retour de gratitude, l'intention de celui qui les accorde doit-elle raisonnablement être critiquée, parce que son espérance aura été trompée?

Quant aux faveurs que la politique commande, c'est une tentative qui n'est pas ordinairement sans fruit, et lorsque le succès ne s'en est point ensuivi, est-il bien équitable d'en faire la matière d'un reproche?

Encore quelques mots, dans le même ordre, sur chacune de ces trois justifications distinctes.

Les faveurs de toutes espèces étant, en très-grand nombre, à la disposition du souverain, ce n'est pas merveille qu'on s'adresse à lui plutôt qu'à tout autre, à l'effet d'apitoyer son cœur paternel sur le sort déplorable d'une veuve sans appui, d'un orphelin sans protecteur, d'un ancien militaire sans ressources, d'un père de famille dont le champ a été ravagé, de celui qui a tout perdu à la suite d'un sinistre événement quelconque, de tant d'autres personnes enfin de toutes les classes, dont les besoins occasionés par le malheur sont de la plus grande urgence.

Dans toutes ces hypothèses, parce que des vindicatifs, des calomniateurs, des ennemis déguisés se permettent, sous le faux masque de la justice, l'emploi des prétextes les plus spécieux pour contrarier la sollicitation, le prince devrait-il alors se roidir contre son heureux penchant à compâtir aux misères d'autrui, et livrer à toutes les fâcheuses suites du désespoir les pétitionnaires, dont les demandes se trouveraient par surprise repoussées.

Je ne saurais adopter un sentiment aussi rigoureux ; les torts, vrais ou faux, de celui qui sollicite ou pour lequel on sollicite une assistance capable de fournir à ses besoins, ne doivent jamais suspendre l'essor d'une compassion toujours honorable pour un souverain , nonobstant l'indignité de ceux qui en profitent quelquefois.

En voilà assez pour renforcer la première des trois justifications; je reviens maintenant à la seconde.

Personne n'est impeccable ici-bas; chacun de nous a sa dose des travers qui sont le propre de notre fragilité.

Omnis homo mendax , c'est-à-dire *les erreurs sont le partage de l'homme.* ·

Sans être toutes également repréhensibles, il n'en est aucune qui soit à l'abri de la manie de critiquer, et par des personnes trop instruites, pour ignorer que la censure en pareil cas, est l'aveu non équivoque d'un mérite réel en choses plus importantes : plus de doute à cet égard , lorsqu'on a jeté les yeux sur les écrits de *Suétone*, *Juvenal*, *Zoèle*, *Saluste*, *Antiphanes*, *Eschines*, etc.

Aucun d'eux ne s'abaissa à critiquer les êtres sans mérite; mais les personnes recommandables par le leur ne furent point épargnées.

Quel est, au reste, l'espoir du souverain qui, dans la répartition de ses faveurs, n'exclue aucun de ses sujets?

La reconnaissance de ceux qui y prennent part est l'unique avantage qu'il en espère , pour la plus grande utilité de tous.

Rien n'est plus naturel que le sentiment de la gratitude, puisque les bêtes féroces même ne peuvent s'en défendre. L'histoire nous en a fourni des exemples multipliés, cela étant, *est-il possible de dégrader l'homme au point de le croire inaccessible à un sentiment, auquel ne sont point étrangers les tigres et les lions;* il n'y a donc lieu à blâmer une tentative qui n'a pas d'autre but. J'estime trop la nation française, pour croire à l'impossibilité de trouver encore chez nous, comme il y en eut chez les Romains, des imitateurs de *Camille* qui, après son retour, mit à contribution tous ses moyens pour servir utilement sa patrie.

Revenons à la dernière des trois justifications proposées ; il s'agit dans celle-ci des faveurs qu'on accorde politiquement.

Il y a deux sortes de politiques , selon moi ;

SAVOIR :

La politique chrétienne et la politique humaine.

L'emploi de la première , indispensablement fondé sur des exemples dignes de nos respects, ne saurait être blamé.

Il n'en est pas autrement de la seconde , pourvu que l'intention soit bonne.

Raisonnons maintenant sous l'un comme sous l'autre de ces rapports.

Il n'y eût jamais de roi dont tous les sujets aient été irréprochables ; c'est un père , dans la grande famille duquel il se trouve des enfans , dont les uns sont bons et les autres pervers.

Ces derniers peuvent l'être au point qu'on ne leur fasse pas outrage , en les comparant au *prodigue* dont parle l'*évangéliste St.-Luc* , chapitre 15.

Le souverain d'un tel prodigue , au lieu de se conformer, au sens figuré de la parabole indiquée, devra-t-il, pour ne pas exciter les murmures de ses autres enfans , regarder sans pitié l'affreuse misère et la honteuse dégradation de celui qui se sera oublié , jusqu'à dissiper entièrement *son moral patrimoine* ; c'est-à-dire les sentimens généreux dans lesquels on l'avait élevé, les règles de l'honneur qu'on lui avait apprises, les nobles impressions jadis produites dans son âme, par les bons exemples de ses vertueux compagnons.

Faudra-t-il avoir à regretter de n'avoir pas mis à profit une occasion où il était raisonnable de se permettre d'une miséricorde inattendue, l'amendement à désirer d'un grand nombre d'autres prodigues.

Les rigoristes dont je combats les systèmes sont-ils eux-mêmes sans reproches ? Qu'ils partagent, s'il en est ainsi, la joie à laquelle se livrent les habitans du céleste séjour, selon le même évangéliste, dans le même chapitre, lorsque le maître du grand troupeau a bien voulu courir après la brebis égarée, pour la charger sur ses épaules et la ramener au bercail, où il n'est aucun qui ne prenne part à son alégresse.

Supposons à présent qu'un autre souverain, ayant la certitude du sincère repentir du coupable, ait bien voulu s'entremettre pour obtenir la faveur accordée sur sa demande, aurait-on dû ou devrait-on encore, au mépris de la politique humaine, s'en défendre, et obliger le failli, repoussé pour toujours de sa patrie, à devenir le sujet du prince son intercesseur, bien résolu de le servir par reconnaissance, même les armes à la main, contre celui qui s'obstinerait, ou se serait obstiné à le méconnaître irrévocablement.

La prudence ne commanderait-elle pas alors de ne pas courir un tel risque ? Il est indispensable, en pareil cas, d'adopter pour en faire la règle de sa conduite, cet axiome du judicieux *Papinien* :

« *Multa conceduntur ne res pereant, quæ alias non* » *concederentur.* »

C'est-à-dire *qu'il est à-propos, en octroyant une faveur, qui, dans toute autre circonstance, eût été refusée, de ne pas compromettre le salut de l'état.*

Les bienfaits ont cela de commun avec les flèches qu'ils pénètrent les cœurs sans exception.

Rien n'a autant de force, pour réduire un méchant, qu'une bonté persévérante. C'est ce que *Sénèque* a voulu nous insinuer, lorsqu'il a dit, livre 7, de Benef., chap. 30 :

« *Vincit malos pertinax bonitas.* »

Les faveurs sont de tous les moyens les plus efficaces pour soumettre les volontés rebelles.

C'est d'après son expérience, que l'empereur *Auguste*, au rapport de *Suétone*, ne manqua jamais d'en faire usage dans les plus pénibles circonstances de son gouvernement.

Une pareille conduite de la part de notre souverain, pour obtenir le même résultat et exciter des amendemens, dont on ne doit jamais désespérer, malgré les récidives, pourrait-elle raisonnablement être critiquée ?

Il n'est, à coup-sûr, aucun de nous qui soit de cet avis.

IIe QUESTION.

Pour aggraver davantage le reproche que vous venez de réfuter, la malveillance en ajoute de suite un autre plus mal fondé encore ; elle feint de compâtir au triste sort des fidèles serviteurs, soi-disant sans récompense jusqu'à ce jour ; nous vous prions de nous fournir les moyens de faire retomber sur les déclamateurs tout l'odieux de cette injuste imputation ?

RÉPONSE.

On affecte, je le sais, de s'apitoyer, sous un rapport qui blesserait la justice, s'il était certain qu'une manifeste et éprouvée fidélité ait été sans récompense; des faits néanmoins trop connus pour être contestés, attestent qu'il existe de nombreux exemples d'une conduite bien opposée à ce nouveau reproche; ce n'est pas à moi d'en rappeler le souvenir pour confondre la calomnie.

C'est à vous, intrépides défenseurs de l'innocence d'un roi injustement accusé, jugé et condamné.

A vous, vénérables ministres de notre culte, qui excitâtes son glorieux et invincible courage jusqu'au moment où il fallut lui adresser ces consolantes paroles :

« *La porte du Ciel s'ouvre, et voilà le plus saint de* » *vos illustres aïeux qui vous invite à y entrer.* »

C'est à vous encore qui n'avez jamais abandonné son légitime successeur, pour adoucir ses disgrâces, en les partageant en tous lieux avec lui.

A vous aussi, qui, pour le salut de la patrie, avez bravé la mort, pris les armes, affronté les risques de toute espèce, auxquels s'exposent si généreusement nos princes, ainsi que l'incomparable héroïne de la France en vous rangeant sous leurs drapeaux.

A vous également que la permanence de la guillotine n'a pas induit à une lâche désertion, pour servir, si vous en étiez requis un jour, à faire renaître de ses cendres notre félicité.

C'est à vous enfin, bourgs, villes, départemens entiers dont la fidélité, a été récompensée, à élever, d'un commun accord avec les différentes classes ci-dessus, la voix de la reconnaissance, à l'effet de donner aux calomniateurs le juste démenti qu'ils n'ont pas craint de provoquer.

La notoriété des victorieux témoignages que je viens d'invoquer, rend superflu tout ce que je pourrais alléguer de mon chef dans cette réponse. Je la crois sans réplique.

12ᵉ QUESTION.

Nous le pensons comme vous, Monsieur, nous nous flattons même d'avance d'un pareil résultat, à la suite de ce que vous voudrez bien nous dire, pour faire repousser avec indignation le grief bien plus injurieux dont voudraient tirer avantage les agitateurs, lorsqu'ils osent, sans pudeur, soutenir que le souverain ne se bornant pas à laisser soi-disant sans récompense des fidèles serviteurs, en destitue assez fréquemment plusieurs autres des emplois à eux confiés : une inculpation aussi grave va bien certainement être combattue de votre part, avec toute l'énergie dont vous êtes capable, toutes les fois qu'on a la témérité d'insulter à l'honneur du monarque ?

RÉPONSE.

Ce reproche est véritablement ici une circonstance aggravante de l'odieuse partialité qu'on a voulu, en inventant le grief qui précède, imputer au plus équitable des souverains dans la distribution de ses grâces, et, après avoir dit à tort, que la fidélité était communément sans récompense, on a poussé la calomnie jusqu'à ajouter qu'il est même de très-loyaux services suivis de la destitution des personnes auxquelles la patrie en est redevable.

Il faudrait bien être ennemi des vérités les plus évidentes, pour ne pas avouer que le nombre des destitutions, proprement dites, se réduit à peu, à moins qu'on n'appelle de ce nom les remplacemens nécessités par d'impérieuses circonstances.

Les premières, étant encourues par le fait d'un délit quelconque, il n'y a lieu de croire qu'on ait prétendu en faire le sujet d'un blâme; pour ce qui est des remplacemens, il nous sera facile de les justifier, mais comme il n'est pas extraordinaire d'être induit en erreur sur les vraies causes d'où ils procèdent; ceci exige l'observation préalable que voici :

Il n'est aucun de ceux dont le prince fait choix, qui n'offre l'apparence du mérite nécessaire, pour combler l'attente du souverain; mais :

« *Tel a brillé au second rang, qui s'est éclipsé au* » *premier.* »

? L'expérience a seule, en ce cas, le pouvoir de désabuser sciemment le monarque.

Lorsqu'il a, quant à ce, acquis une certitude non équivoque, et qu'il est assez heureux pour avoir le moyen de rectifier son premier choix, n'est-il pas tenu, pour lors, de préférer le mieux au bien ?

Ce n'est point, en ce cas, une injuste destitution, mais un remplacement commandé par le devoir, et trop équitable pour donner lieu à la moindre des plaintes de la part d'un remplacé, en état ou d'apprécier son mérite à sa juste valeur, ou de faire le généreux sacrifice du ressentiment, que l'amour-propre blessé pourrait lui inspirer.

Il est, au reste, prudent de se méfier des apparences, puisqu'il n'est rien de plus trompeur; et si nous sommes jaloux de ne jamais partager des opinions erronées, ne perdons pas de vue cet aphorisme :

« *Tout ce qui luit n'est pas de l'or.* »   4 *

Il s'y rencontre ordinairement une si grande quantité d'alliage, qu'il faut, pour ne pas s'y méprendre, recourir à la pierre de touche, dont le commun des hommes ne sait pas toujours convenablement user.

Parmi ces prétendus disgraciés, ceux-là seuls qui se condamnent au silence ont quelque mérite réel; tandis que ceux qui en ont seulement l'écorce, jettent volontiers les hauts cris.

L'amour-propre de ces derniers n'ayant qu'eux-mêmes pour fin, les rend incapables de s'élever à la hauteur de l'intérêt-général, et de convenir de bonnefoi que ce n'est pas sans raison qu'on a été contraint de les remplacer.

Il n'y a rien en cela que de très-ordinaire, car, dans tous les tems, l'amour-propre fut la cause première de notre perte; cette incontestable vérité a fait dire à un ancien et docte personnage :

« *Prima hominis perditio fuit sui amor.* »

Ce n'est pas à tort qu'on représente l'homme affublé d'une besace à deux poches, dont une porte sur son dos et l'autre sur son estomac.

Il cache, dans la première, ses défauts pour ne jamais les voir ; dans la seconde sont les vices d'autrui, et il a toujours les yeux ouverts sur ceux-là.

L'envie, au surplus, n'a-t-elle aucune part dans les déclamations que je combats ? Est-il quelqu'un qui ne sache que ce vice, au dire de *Platon*, ne peut souffrir ni les vertus, ni le mérite d'autrui : *l'envieux ne considère le bien que pour s'en affliger.*

Cette infâme passion, suivant *Anacharsis* et *Isidore*, ne contribue que trop aux calamités du genre humain, tant en général qu'en particulier. *Quintus Metellus* en fit la triste expérience. *Caïus Marius*, son lieutenant, se voyant sans espoir de parvenir au consulat, obtint ce qu'il avait vainement souhaité, dans l'espace de sept années, en portant contre celui-là, ainsi que le raconte *Cicéron*, *de off. l. 3*, la plus fausse des accusations.

Les déclamateurs dont il s'agit n'auraient qu'un moyen pour se disculper, s'ils étaient assez généreux pour le mettre en pratique, ce serait de n'être excité dans tout ceci que par le pur amour de la patrie.

Au lieu d'aigrir alors, comme ils le font, ceux auxquels ils feignent de porter compassion, ils emploieraient leurs talens à leur inspirer cet amour, qui ne passe jamais des caresses aux dédains, ni du feu à la glace, même dans la carrière la plus avancée; c'est alors, suivant la remarque d'*Eurypide*, que l'homme en est le plus vivement enflammé; et comme rien n'est plus propre à convaincre que les exemples, ils proposeraient ceux du valeureux *Ajax*; de *Lelius-Opimius*; de *Rutilius*; d'*Aristide*, surnommé le juste; de *Bélisaire*; de *Thémistocle*, enfin, qui, selon *Plutarque*, s'adonna sans réserve, dans son malheur, à l'étude de l'art assez difficile d'oublier ses disgrâces, en vue de laisser sans atteinte l'amour de la patrie, dont il brûla toujours.

Ils les consoleraient enfin par la douce espérance d'un meilleur sort, dont on ne saurait être déchu, lorsque l'équité le réclame d'un souverain qui veut, comme le nôtre, régner par la justice.

13e QUESTION.

Nous n'aurions jamais cru que le tolérantisme, sous le gouvernement d'un prince par fois nommé le *Roi très-*

chrétien, donnât lieu au reproche dont vos amis sollicitent une réfutation qu'ils espèrent obtenir de votre complaisance?

RÉPONSE.

J'ai déjà eu occasion de vous le dire; et plus le nombre des méchans s'accroîtra, et moins sera douteux le succès de la nouvelle subversion projetée; il ne faut plus s'étonner alors si, fidèles à leurs principes, les agitateurs s'accrochent indifféremment à tout ce qui les rapproche de leur but, et c'est pour cela qu'ils feignent de se plaindre de ce qui ne les intéresse sous aucun rapport, comme de ce dont ils tirent ou peuvent tirer avantage, tant pour eux-mêmes que pour leurs affidés.

Je suis, au reste, bien éloigné de penser que la tolérance soit inconciliable avec le titre de *Roi très-chrétien*, et voici sur quoi je fonde cette opinion :

Le premier devoir des souverains, selon moi, est de conformer en tout leur conduite sur celle de la divinité.

Il faut donc, pour connaître ce à quoi sont tenus envers leurs peuples, telle que soit la religion de ceux-ci, les princes chargés de les gouverner, nous instruire de ce que l'immortel, dans sa sagesse, jugea à-propos de faire lui-même à l'égard de ses créatures sans aucune exception.

Toutes ne marchent pas dans les seules voies qui lui soient agréables; et cependant, d'après ses ordres, les astres ne refusent pas leurs lumières, ni les sources leurs eaux, ni la terre et la mer les produits de leur variée fécondité à qui que ce soit.

Le champ du père de famille, suivant la parabole, chapitre 13, de l'*évangéliste Saint Mathieu*, ne fut pas à couvert de la malice de son ennemi, qui profita de la nuit, pour y semer l'ivraie au milieu du bon grain.

De zélés serviteurs s'offrirent à leur maître pour arra‑
cher cette ivraie; il le leur refusa; et la séparation de l'un
et de l'autre grain fut renvoyée à l'époque de la moisson,
figure de la fin des tems.

Témoin de la divergence des adorations et des cultes,
comme il l'est de tout ce qui outrage ses lois et ses infinies
perfections, oppose-t-il autre chose à cela, que cette misé‑
ricordieuse patience à laquelle il n'appartient qu'à lui seul
de mettre un terme ?

Son immense charité arrête temporairement les rigueurs
de sa justice; et tel fut le motif d'après lequel le *Verbe
divin*, pendant sa vie mortelle, comme nous le lisons dans
le chapitre 9 de l'*évangéliste Saint Luc*, crut devoir ré‑
primander deux de ses apôtres, qui, pour venger l'injure
à lui faite, en leurs personnes, par les habitans de la
Samarie, sollicitaient le pouvoir de faire descendre le feu
du ciel sur ces infidèles, *non encore définitivement jugés
indignes de cette miséricorde à laquelle Dieu donne la
préférence sur le sacrifice, ainsi que nous l'apprend le
chapitre 12 du même évangéliste Saint Luc.*

Ayons en partage cette vertu, c'est-à-dire la charité
dont le grand apôtre a été le plus éloquent panégyriste,
pratiquons-là envers tous, sans en excepter les Chrétiens
dissidens, dont l'existence ne nous est pas inutile, car le
même apôtre, chapitre 11 de son épître aux Romains, nous
dit :

« *Il faut qu'il y ait des hérésies, afin qu'on découvre
» par-là ceux d'entre nous qui ont une vertu éprouvée.* »

Tel est, joint à la charité, un des motifs les plus propres
à légitimer une tolérance exclusive des haines, des ini‑
mitiés, des discordes, des mépris, une tolérance incon‑

ciliable avec le refus des services mutuels, des relations commerciales, si nécessaires pour faire face à nos besoins respectifs.

Nous devons le secours de nos bons exemples, et comme l'église elle-même le pratique, celui des supplications journalières, adressées au Ciel de notre part, aux Chrétiens dissidens.

Efforçons-nous de les convaincre, en agissant de la sorte, que nos œuvres sont dans la plus parfaite harmonie avec notre foi, en tout, partout, *et notamment dans cette maison de prières, dont on fait trop souvent quelque chose de pis qu'une caverne de voleurs.*

Prouvons-leur, par une conduite digne de fixer les regards du Très-Haut, que notre foi est la seule véritable, parce qu'elle est basée, non-seulement sur les divines écritures, *mais encore sur une tradition qui remonte de siècle en siècle, ainsi qu'on peut le justifier par les plus irréfragables autorités, jusqu'à la naissance du christianisme.*

La charité, les bons exemples, les prières, une concordance parfaite entre les œuvres et une foi éclairée, sont les seules armes dont il soit permis de se servir pour détourner nos frères égarés de la voie de l'erreur, et comment, sans la tolérance, aurions-nous occasion d'être les coopérateurs d'un retour si désirable pour eux et pour la gloire de notre père commun.

Qu'on envisage maintenant la tolérance sous ces divers rapports, et on ne la trouvera plus incompatible avec le titre de *Roi très-chrétien;* on ne sera plus suspris alors que *ce fils aîné de l'église modèle sa conduite sur celle d'un Dieu, qui est bon à l'égard même des plus coupa-*

bles d'entre ses créatures, d'un Dieu qui, dans sa sagesse, a cru devoir être tolérant pour ne pas gêner le franc arbitre, par le moyen duquel nous méritons tous ou nous déméritons en toute liberté.

14ᵉ QUESTION.

Les attaques publiques dont nous sommes de nouveau témoins, contre tout ce qui serait capable d'opérer l'urgente réformation des mœurs, à laquelle se rattache indispensablement une permanente félicité, nous font craindre, dans ce que vous venez de nous dire, une lacune qui aurait pour objet de nous faire connaître, sous d'autres rapports, toute la noirceur dont est susceptible le reproche ci-dessus, et nous engagerait à nous prémunir, avec plus d'énergie, contre les funestes desseins de la scélératesse?

RÉPONSE.

On ne saurait se dissimuler que tout reproche renferme implicitement le vœu d'obtenir, dans la pratique, le contraire du défaut imputé ; il est donc très-naturel de penser que les agitateurs espéreraient tirer un meilleur parti de l'intolérance du gouvernement, s'il était assez impolitique pour donner dans ce piége.

Mais notre souverain sait qu'il se trouve sur la première ligne des personnes étroitement obligées d'instruire ou de faire instruire tous ceux qui en ont besoin, et que la Providence leur a confié à quelque titre que ce soit.

Il n'ignore pas ce qu'on dit à cet égard parmi les auteurs sacrés *Ezechiel*, *Daniel*, etc., et parmi les auteurs profanes *Aristippe*, *Diogènes Laertius*, *Pytagoras* et autres.

L'expérience qu'en ont fait tous ceux qui gouvernent,

lui a appris qu'une sage instruction donnée aux ignorans est un des moyens les plus propres au maintien de la tranquillité et du bonheur du peuple.

Il ne se dissimule pas que la patrie serait en danger, si on n'employait, pour la réformation des mœurs, le bienfaisant secours des instructions qui doivent en le produisant nous préserver des plus funestes calamités.

Tels sont les motifs d'après lesquels il a jugé à-propos d'autoriser tous les enseignemens dignes de ses sollicitudes paternelles et exclusifs de toutes les voies coërcitives, pour laisser intact le libre arbitre, afin que chacun soit le maître de profiter ou non du secours offert, mais sans qu'il puisse être permis à qui que ce soit d'empêcher les personnes mieux disposées d'en tirer avantage pour elles; car, dans cette matière, le tolérantisme doit être réciproque, lorsqu'on ne veut pas encourir les peines auxquelles s'exposent les purbateurs de l'ordre et de la tranquillité publique.

Une conduite aussi impartiale de la part de l'autorité légitime, une conduite, qui, dans l'administration d'un bienfait aussi avantageux pour la société en général, écarte tout ce qui pourrait blesser une liberté basée sur les lois, une pareille conduite, disons-nous, ne saurait être blamée que par les ennemis de la paix intérieure, par ceux qui se permettent des attaques séditieuses contre les personnes obligées par état de s'adonner à l'instruction, par ceux enfin qui désireraient pouvoir excuser leur coupable intolérance, par celle qu'ils voudraient voir substituer au tolérantisme reproché.

Dans les vues subversives qui, pour l'ordinaire, font agir les factieux, ils auraient tort de se plaindre, si on ajoutait à ce dernier motif celui encore plus criminel de faire servir l'intolérance provoquée du gouvernement, pour exciter une guerre civile ; ils seraient, en effet, alors plutôt parvenus au but de leurs abominables efforts.

En voilà, je pense, maintenant assez pour se former une idée complète de la noirceur des artificieuses menées contre lesquelles nous devons nous prémunir sans relâche, si nous sommes jaloux de la paix intérieure, à la faveur de laquelle, et par les soins assidus de notre légitime souverain, nous atteindrons le plus haut période d'une félicité inaltérable.

15ᵉ QUESTION.

Nous n'en finirions plus, Monsieur, si nous étions assez indiscrets pour soumettre à votre réfutation tout ce que font circuler les méchans, aidés *de leurs suppôts involontaires.*

Les congrès des souverains, pour la sûreté réciproque des pays qu'ils gouvernent, ainsi que les traités ou communs ou particuliers entr'eux, échauffent la bile des agitateurs : à leur avis, nous ne cessons d'être sous la dépendence des autres monarques, qui, soi-disant, nous influencent toujours à leur gré. Le secret qu'on observe dans les conférences sert de prétexte aux plus absurdes déclamations.

Entre tous les traités dont ils parlent, celui conclu avec le souverain pontife est le seul de l'inexécution duquel ils s'autorisent pour accuser de faiblesse notre souverain.

Veuillez, Monsieur, nous dire encore un mot sur tout cela, et notre dialogue sera enfin terminé ?

RÉPONSE.

Je les ai entendus, comme vous, ces discoureurs de toutes les classes, qui s'ingèrent dans la politique, science

5 *

dont le plus grand nombre ne connaît pas même les premiers élémens ; ils désireraient un journal des conférences et des résultats de chaque discussion dans les assemblées des souverains ou de leurs plénipotentiaires ; mais indépendamment de la nullité de leurs suffrages, ils devraient tout au moins savoir que la publicité, en pareil cas, est toujours dangereuse.

A-t-il fallu, et faut-il encore, pour imposer silence à tous ces déclamateurs, satisfaire leur indiscrette curiosité, et, par cette blamable condescendance, courir le risque de compromettre ce à quoi ils affectent envain de s'intéresser ?

Peuvent-ils ignorer que le secret étant l'âme de toutes les négociations, il importe de n'être instruit de ce qui a été conclu dans les cabinets des monarques ou des personnes munies de leurs pleins pouvoirs, que par la notoriété des résolutions respectivement consenties.

La réussite est souvent attachée au secret, et c'est ce qui a fait dire à *Mathieu*, en la vie d'*Henri-le-Grand*, livre 4 du tome 2, « *qu'on doit être très-soigneux de le* » *rendre impénétrable.* »

Louise XI répondait aux questions d'un de ses courtisans: « *qu'il jetterait dans le feu son chapeau, s'il avait* » *pénétré ce qui était dans sa tête.* »

Metellus, avant ce prince, en avait dit autant de sa chemise.

Imitons, à cet égard, la louable circonspection de *Philippides*, qui refusa de prêter l'oreille à une importante communication de *Lysimachus* ; il s'en défendit lui disant :

« *Sire, commandez-moi tout ce qui vous plaira, mais* » *gardez pour vous seul votre secret.* »

Quoi que puissent alléguer les méchans, il n'en est pas moins certain que la France a aujourd'hui, pour la gouverner, un souverain qui a les entrailles du meilleur des pères, et doit prudemment s'abstenir de compromettre les intérêts de sa grande famille, par la révélation du secret des affaires à traiter ; rendons-lui la justice qui lui est dûe sous tous les rapports, il connaît tous le prix du plus habile des maîtres, c'est-à-dire du tems, qui vient à bout de tout ; il sait en faire l'emploi le plus utile, lors-même qu'il est obligé de temporiser pour obtenir ce qu'il souhaite : substituons à d'injustes murmures la confiance que méritent ses persévérantes sollicitudes, et sous tous les points de vue qui peuvent intéresser notre bonheur, nous aurons souvent l'occasion de dire ce que les Romains ne dirent qu'une seule fois, de leur immortel *Fabius* :

« *Cunetando rem restituit.* »

N'est-ce pas, en grande partie, à cette invincible patience, qui ne s'irrite jamais des obstacles, pour, avec le tems, les surmonter peu-à-peu, *que nous devons*, entr'autres choses, *la paix générale, l'affranchissement anticipé de nos frontières et les modifications d'un concordat, ne donnant aucune atteinte aux libertés de l'église gallicane,* dont nous fûmes toujours jaloux ?

Si ces modifications laissent momentanément en souffrance des grandes villes, désireuses d'obtenir un premier pasteur, qui, moins pressé par la multitude des affaires d'un trop vaste diocèse, puisse, avec une attention plus immédiate, faire éclore, dans les cœurs de ses ouailles, les seules vertus propres à inspirer la confiance réciproque dont le commerce surtout a le plus grand besoin, et à servir de supplément à la garantie de nos institutions sociales, que les villes populeuses portent, à cet égard, leurs vœux au pied du trône, qu'elles offrent de se charger de la dotation des siéges épiscopaux à solliciter, jusqu'à ce que la pénurie des finances de l'état permette de les dégrever : cette démarche ne sera certainement pas inutile, car tout le monde sait aujourd'hui que cette pénurie est la seule cause du retard que ces villes éprouvent.

J'ai encore, Messieurs, à vous communiquer une invitation générale, qui ne sera peut-être pas sans quelque fruit, et comme je crois que vous me blameriez si je m'exposais à des regrets inutiles, en la passant sous silence, dans une affaire trop délicate pour négliger la moindre chose, je vais, en m'adressant à la nation française toute entière, vous faire connaître ce dont mon zèle m'impose le devoir, pour compléter, selon mes faibles lumières, la noble tâche que m'a imposé un dévouement digne d'une aussi belle cause.

INVITATION GÉNÉRALE.

Français ! mes chers compatriotes, veuillez rendre hommage à la droiture de mes bonnes intentions ; détournons enfin, et ce n'est déjà que trop tard, le calice des amertumes dont on a jusqu'à présent abreuvé le cœur du prince le plus jaloux du bonheur de la France ; que la restauration de l'empire des lis nous détermine tous à concourir, pour son complément, aux vues bienfaisantes de *Louis-le-Désiré.*

Qu'exige-t-il de nous pour accroître au-dedans et au-dehors l'antique considération et la prospérité dont nous jouissions autrefois ? Ses paternelles invitations se réduisent à ces deux mots, auxquels il a joint l'autorité de son exemple :

O U B L I   E T   U N I O N.

L'oubli repoussera de nos heureuses contrées les divisions intestines, à la suite desquelles viennent toujours les plus déplorables calamités.

Notre union, d'autre part, en nous faisant redouter, comme une nation naturellement belliqueuse et difficile à subjuger, secondera lue vues pacifiques de notre souverain, à l'effet de réparer nos pertes par le commerce et l'industrie, sans avoir à craindre qu'aucun ennemi extérieur ruine des opérations, entreprises à la faveur d'une sécurité des mieux cimentées, puisqu'elle porte sur la base de l'intérêt réciproque des monarques européens, pour les peuples desquels le maintien de la paix n'est pas moins que pour nous d'une urgence absolue, et sur laquelle toutefois l'emporterait la désastreuse nécessité de recourir de nouveau aux armes pour nous guérir, et se préserver eux-mêmes, sans retour, d'une rechute révolutionnaire.

Tel est et sera constamment l'inapréciable résultat des moyens infaillibles que nous a suggérées la bienfaisance, mûrement refléchie, de notre auguste souverain : oubli et union.

Puisse le consolant tableau, dont je viens de présenter ici une très-imparfaite esquisse, ne faire de nous tous, à l'avenir, qu'une association de gens toujours prêts à former un invincible faisceau autour de l'auguste personne de notre bon Roi, à l'effet de lui garantir l'autorité indispensable pour opérer le bien, duquel est désireux, sans contredit, un prince faisant son étude journalière des préceptes en tous genres que donne, pour la félicité du genre humain, l'immortel *François de Salignac Lamothe Fénélon*, dans son incomparable poëme épique, auquel les aventures de *Télémaque* ont servi de sujet.

Les tableaux y sont variés à l'infini, sans avoir l'odieux des applications personnelles ; tous les principaux caractères y ont un air de vérité qui intéresse le lecteur ; toutes les images y sont si riantes qu'elles charment les cœurs.

On trouve, dans cet ouvrage, tout ce qu'il importe de ne pas ignorer pour former des bons Rois, des administrateurs irréprochables, des magistrats intègres, des fidèles sujets, des bons pères, des tendres époux, des fils respectueux, des amis sincères, c'est un guide incapable de nous induire à erreur, c'est le *Mentor* de toutes les classes, et si nous mettons à profit ses maximes, nous en retirerons le fruit qu'on doit s'en promettre, pour seconder les desseins d'un monarque aussi bien intentionné que le nôtre.

Désabusons une multitude trop encleinte à être mécontente de tout, qui passe facilement de l'amour à la haine, qui se laisse diriger par les opinions les plus erronées, qui juge digne de sa croyance les bruits les plus absurdes, qui se complait dans les changemens pour lesquels on sollicite son appui, en la flattant d'un mieux toujours illusoire, comme ne l'a que trop prouvé notre révolution.

Que gagna-t-on, en effet, dans les changemens alors survenus ? Les Français, hélas ! vérifièrent ce que nous figure dans le sens moral la fable des grenouilles ; mettons nous donc à l'abri d'une aussi fâcheuse récidive ; aucun de nous ne serait à couvert des malheurs dont nous serions de nouveau accablés.

Souvenons-nous que notre amour et notre soumission

sont, non-seulement la sauve-garde du trône, mais encore la nôtre.

Qu'il me soit permis de compâtir même au fatal aveuglement des coupables meneurs qui fomentent le trouble;

« *Homo sum humanum a me nihil alienum puto.* »

Je suis homme; se pourrait-il alors que je fusse étranger à ce qui touche mon semblable !

Ne sont-ils pas Français comme moi? Ils sont donc aussi mes compatriotes, et doivent avoir part aux vœux que je forme aujourd'hui pour tous; qu'ils abjurent leurs funestes erreurs, car ils ne seraient pas eux-mêmes à l'abri de leurs suites désastreuses : *ils n'ont qu'à lire ce que l'histoire nous a transmis, pour redouter le triste sort qu'éprouva le plus grand nombre des coriphées de notre révolution.*

Ce n'est pas l'erreur qui est le partage de notre fragile humanité, mais la seule persévérance en icelle, qui est digne de blâme.

Puisse se réaliser l'agréable pressentiment que j'éprouve de les voir devenir eux-mêmes, d'après mon invitation, de zélés coopérateurs d'une félicité qui sera tout-à-la-fois l'ouvrage des soins assidus du chef, et du concours ainsi que de la patience de tous les membres de sa grande famille; car il en est des corps politiques comme des corps humains, lorsqu'ils ont été à la veille d'une dissolution consommée par les atteintes données à leurs principes constitutifs.

La convalescence est toujours alors d'une longue durée; les ménagemens sont nécessaires; ce n'est qu'avec le tems, la prudence et de sages mesures, qu'on parvient au rétablissement d'une santé parfaite.

Mentor donne sur tout cela au fils d'*Ulisse* de salu-
taires leçons, que notre *moderne Télémaque* a profondé-
ment méditées pendant son interrègne, et qu'il ne manquera
pas de mettre à profit, pour nous donner la vigueur dont
nous avons besoin, ce qui ne saurait être l'ouvrage d'un
jour ; car la précipitation n'a jamais rien produit de bon,
ni de solide.

Ne refusons pas notre confiance à un prince sans enté-
tement, pour les moyens auxquels, *mais à bonnes fins*, il
a cru devoir recourir ; *fondateur de la charte, il est trop
fidèle à ses promesses et à tout ce qu'elle garantit, pour
y derroger, et souffrir qu'on y donne la plus légère atteinte ; mais si l'expérience lui a fait apercevoir des défauts simplement organiques, de nature à empêcher
l'exécution au fond de tout ce qu'il a librement jugé à-
propos de concéder à son peuple, il ne manquera pas de
perfectionner son ouvrage, sans crainte d'être contredit
par des personnes qui, par honneur, doivent être disposées à faire taire leurs intéréts propres, toutes les fois
que l'intérêt général le demande.*

Redoublons nos efforts pour remettre les ignorans dans
la voie des saines maximes, sur lesquelles leur bonheur
doit être basé ; *de ces maximes sacrées, qui leur font un
devoir indispensable de l'amour et de la soumission envers nos légitimes souverains ; que l'autorité de nos exemples achève de les convaincre sans retour ; que nos
bonnes résolutions surtout soient fermes, constantes,
unanimes ; réconcilions-nous, par ce moyen, avec la
Divinité, trop souvent outragée; avec l'univers, dont nous
avons été le fléau pendant longues années ; redevenons
cette France sur le sol de laquelle, de toutes parts, on*

*venait prendre des leçons d'urbanité et d'un dévouement
sans réserve pour nos princes.*

Je me serais borné à mépriser tout ce que je viens de
combattre, si j'avais continué à croire qu'il ne s'agissait
que d'une guerre de plume, et nullement de nous révolutionner de nouveau; *mais la ressemblance du début de l'une et de
l'autre faction m'ayant enfin désabusé, je me suis rendu
à d'honorables sollicitations; et pour ne pas perdre le
fruit de ma déférence, comme pour justifier le motif qui
m'a fait mettre la main à la plume, et qui doit faire
rentrer en eux-mêmes un grand nombre de ceux qui se
sont laissés prendre, sans s'en douter, dans le filet des
agitateurs; je demande qu'il me soit permis de rappeler,
en terminant, ce que j'avais déjà annoncé dans ma réponse à la deuxième des questions résolues.*

*Les factieux de 1789 n'ignoraient pas qu'ils ne vien-
draient jamais à bout de révolutionner, tant que le Roi
serait fort du respect, de l'amour et de la soumission de
son peuple; dès-lors ils mirent tout en œuvre pour en
faire préalablement un être méprisable et indigne de
l'affection de ses sujets; ils n'y réussirent malheureusement
que trop, et cette digue renversée, rien ne s'opposa plus
à leurs tragiques conceptions.*

Les factieux de nos jours ne peuvent employer que pour
les mêmes fins, le même préalable; leurs propos, leurs
prétendus reproches, leurs déclamations, assorties aux divers génies de ceux auxquels ils suggèrent un motif de
mécontentement, toutes ces différentes menées aboutissent
à déchoir Louis XVIII, comme l'avait été Louis XVI,
du respect, de l'amour et de l'obéissance, les plus fermes
appuis de son trône.

Cela fait, aucun des coups qu'ils se proposent de frapper ne porterait à faux : il nous importe donc de ne pas perdre de vue un avis qui nous intéresse tous , pour éviter les malheurs prêts à nous assaillir de nouveau.

C'est à présent, et non plus tard , si nous voulons être plus heureux que les *Malesherbes*, les *Décèze* et les *Tronchet* , que nous devons nous constituer les intrépides défenseurs du trône , qu'on aura vainement tenté de renverser une seconde fois.

Pour atteindre ce but, digne de tout loyal Français, embrassons-nous , pardonnons-nous , n'ayons plus qu'un même esprit, qu'un même cœur, ne formons plus d'autre vœu que celui d'une concorde indissoluble et d'un bonheur inaltérable pour tous les habitans , sans exception, de notre belle France ; qu'on entende partout cette exclamation sincère à nos cœurs : *vive le Roi, vivent tous les Bourbons !*